때론,
잠보다 아침이
먼저 온다

때론,
잠보다 아침이
먼저 온다

유호철 지음

살면서 느꼈던 것들을
담담하게 적은 내세이집

좋은땅

프
롤
로
그

설득하려고 쓴 책이 아니니까
전투태세를 갖출 필요는 없습니다

그저

한 줄에
마음 한번 헹구고

한 줄에
미움 한번 헹구고

간 봄 몇 개?
올 봄 몇 개?

어쩌면
올 봄이
간 봄보다 적을지도...

아껴야겠다
이 봄

외로움은
사람이 약이지만

그리움은
사람이 병이다

하지 않아도 될 말을

하지 않는 능력이

귀하다

고백하자

자백이 되기 전에

온 힘을 다해서
아직 가을이다

온 힘을 다해서
나도
아직,

이다

시간은 귀엽게
똑딱똑딱
가는데

세월은 사납게
뚝딱뚝딱
간다

투덜투덜대다가
너덜너덜해진
인생만큼
흔한 것도 없다

세상이 그렇더라

화내고

불평하고

트집 잡고 하면

싸우자는 줄 알고

원투 스트레이트 훅까지

제대로 날려 주신다

감사하고

고마워하면

화해하자는 줄 알고

주먹을 거두더라

재치가 없으면

눈치라도

눈치가 없으면

염치라도

노련해지면
세련돼진다

아프지 않은
엄살은 없다

아프다
엄살도
분명 어딘가는

좋은 것만 보고
좋은 것만 들을 수는 없지만

좋은 것만
말할 수는 있다

운도

유혹해야 넘어온다

아무리 나이를 먹어도

엄마와의 나이 차이는

그대로다

예의라는

능력

용기란
두렵지 않은 것이 아니라
두려워도 들키지 않는 것

열정이란
지치지 않는 것이 아니라
지쳐도 들키지 않는 것

경쟁에

정도는 없다

정도껏은 있다

義가
利더라

욕심이 과해지면

안목도
면목도
친목도

사라진다

말이 넘치면

진심은 부족한 경우가 많다

난 놈보다
된 놈

참을 인자 셋이면
살인도 면한다

자칫
내가 죽는다

차근차근 쌓아야

차곡차곡 쌓인다

때론,

고민을 나누면

약점이 되더라

말에는

인성이 보인다

글에는

인생이 보인다

어떤 새는
노래해도
운단다

어떤 새는
울어도
노래한단다

운전을 많이 하면
사고 날 확률이 높아진다

말도 그렇다
글도 그렇다

희망과

계획을 혼돈하는 순간

희망고문이 시작된다

하고 싶은 일을 먼저 하면
해야 할 일이 기다리고

해야 할 일을 먼저 하면
하고 싶던 일이 기다린다

누군가에게
고개 숙이는 일도

한 살이라도
젊을 때 하는 게 낫다

꽃 싸움
일명 花鬪

봄에는
결투
혈투
질투
보단

화투

비는 언제나
새것이 오는데

느낌은 언제나
옛것이 온다

가까운 사이일수록

안전거리 유지가 필요하다

검색보다

사색

파도가 무서운 건
크기가 아니라
반복성이다

시련도
문젯거리도
늘
그렇다

잊을 만하면
철썩

일어날 만하면
철퍽

인생이

여생이 되기 전에

너와의 싸움은

경쟁이지만

나와의 싸움은

전쟁이다

앙상한 자존심도

자존심이다

한 모금만 더 빨면

툭 부러져 흩어져 버릴 것 같은

하얗게 타 버린 멘탈이

간신히 달려 있다

남들한테
열 번 웃는 동안

한 번은
나한테 토닥토닥

내 잘못이 아닌데도
받는 벌

누군가를
미워하는 벌

내일이
누구에게나
미래는 아니다

비판 많은 사람의
평판이 좋기는 힘들다

좋은 게 좋은 게 아니라

옳은 게 좋은 거더라

고독은

위독하다

아무것도 아닌 것이

아무거더라

아무나
존경할 수는 없지만

누구나
존중할 수는 있다

단련하고
단련해도
제일 안 느는 근육

마음 근육

불평 한 번에
한 평씩 줄어든다

내 삶의 평수

하루아침에
모든 병에서 나을 수는 없지만

하루아침에
모든 병에 걸릴 수는 있다

나쁜 맘
참기

나쁜 말
참기

나쁜 글
참기

참기는
이해 과목이 아니라
암기 과목

육체적 숙취보다

정신적 수치가 오래간다

대부분

정체의 원인은

얌체 때문

老人은 되더라도

怒人은 되지 말자

최악의

상상은

피해망상

악은 부지런하다

문책

자책

질책보다

산책

시시비비 가리기 좋아하는
사람들의 특징은

나는 이미 옳고
너는 이미 틀림

남 말은 쥐가 듣고

남 말은 새도 듣는다

쥐도 새도 모르는 말은 없다

핑계가 많으면
생계는 망한다

말보다 투표

비판보다 심판

물고기도

깊은 바다가 두려울 수 있지

새도

깊은 골짜기가 두려울 수 있지

작은 주장도
힘이 있다

잦은 주장은
힘이 없다

목표가 없는 사람은

목표를 가진 사람을 위해 일한다

맑은데
글썽거리는 하늘

빛나는
무용담보다
신용

아껴야 잘 산다

말도
글도
욕도

아껴야 잘 산다

스치기만 해도

베이는 글이 있다

외롭다 외롭다 하면서

말로

글로

외로움을 버는 사람들이 있다

잘해 보려는 마음이 있는
사람과

난 원래 이래,라는
괴물

경제적 안정은

내가 잘하는 일을
잘해 내서가 아니라

하기 싫은 일을
잘 버텨 내서 받는 보상이다

의견이라면서

한쪽 편만 드는 것이

편견

꽃이 진 건
누군가한테 진 게 아니다

잠깐 진 거니까
다시 필 거니까

우리가 진 것도 잠깐이다
다시 필 거니까

있을 때 인색하면

없을 때 궁색하다

쫓다 보면

쫓긴다

잠드는 방법을

단 한 번도 알았던 적이

없었던 것 같은

밤

참는 데
프로는 없다

공짜 좋아하는 사람들의 특징은
세상엔 공짜가 없다는 걸 모른다는 거다

고집이 아저씨가 되면

아집

안식년보다
안심년

헬프가
헤프면

아프거나
슬프거나

그때 혼자다

있어 빌리티보다
있는 그대로 빌리티

핑계 없는

무능은 없다

눈물은 약이다

그래서

약국에서도 판다

누군가에게 쓰다면

쓰지 마세요

내가 무슨

봉변가왕도 아니고.

호의로 대하면
호구로 대하는
상대가 있다

지나치게 겸손하자

지나친

모든 순간이

다행으로 돌아올 테니

'한 개만 더'가
한계를 넘는다

한 번은 실수지만
두 번은 실력이다

바라는 게 많아지면
버리는 게 적어지고

버리는 게 많아지면
바라는 게 적어진다

행복을 방해하는 건

불행이 아니라

불만이다

마음이 사경을 헤맬 땐
마음의 격리가 시급하다

싸움이 모두 다
미움이 되지는 않는다

- 98 -

소박한 신용이

대박과

쪽박을 결정한다

불평이 많은 사람에게는
불평할 일이 계속 생기고

감사가 많은 사람에게는
감사할 일이 계속 생긴다

내가 게으르면

가난이 부지런을 떤다

제값을 내고 살아야
제값을 인정받고 산다

남들보다 더 열심히
살고 나면

남들보다 덜 열심히
살아도 되는 날이 온다

예전엔
할까 말까 할 땐
할까 쪽으로

요즘엔
할까 말까 할 땐
말까 쪽으로

한두 방울 빗방울에도
차는
더러워진다

마음도
그렇다

비포장 도로가 정겹다

비포장 인간이 정겹다

맷집도
늙는다

은퇴하면

怒화가

급격히 진행된다

일에는

평생 채워야 할 총량이 있다

가능하면

미리

많이

채우는 게 좋다

아쉬운 소리는
쉬운 말이 아니다

폼 잡는 건 쉽다

폼 나는 게 어렵다

우연히 잘되는 사람 없고
우연히 망하는 사람 없다

말에는 절대로
하이패스를 달지 마세요

반드시 멈췄다가
요금 내고 나오게 하세요

내가 자존심을 죽이고 벌면

내 가족이 자존심을 지키며 산다

한쪽 말만 들으면

대부분

그쪽 말이 맞다

날씨가 너무 단정하면

마음이

숨을 곳이 없다

善義를 저축하면

後利는

복리로 돌아온다

아는 게 힘이 아니라

하는 게 힘이다

디스가 늘면

찬스는 준다

문득

행복한 경우는 있어도

문득

불행한 경우는 잘 없다

위기는 언제나

깜박이 켜고 들어온다

인간성에는

새로고침이 없다

청승

우울

한탄

보균자는

전염성이 매우 강하니

면역력이

최고조일 때만

접촉할 것

골프는
어쩌다 잘 맞는 샷을
늘리기보다

어쩌다 안 맞는 샷을
줄이는 경기다

삶도 그렇다

공감 능력

공감 뒤에 능력이 붙는 데에는

그만한 이유가 있다

善을 넘지 말 것

하늘이 끝까지 쥐고 있는 패는
실패다

방심 자만 우쭐
금지

내 의견을 접으면

트러블도 접힌다

남들만큼 하면

남들만큼 살고

남들 이상 하면

남들 이상 산다

트러블의 원인이

항상 상대방일 수는 없다

받고 나선 잊지 말고

주고 나선 기억 말 것

사랑할수록
자랑을 아끼자

신들은
생각보다
질투가 많다

세상은

본인이 아는 척한 만큼의

반의반도 성공하지 못한 사람들로

넘쳐난다

고수는
훈수를
아낀다

가족끼리는
자존감 방어력을
최대한 높여 주세요

가족 울타리 밖에는
자존감을 빨아 먹는
뱀파이어들이 우글우글합니다

화는 누구나 난다

화를 누구나 내지는 않는다

독설과

독선에는

해독제가 없다

본인 심사가 꼬였는데

인생 만사가 풀리겠나

받으면

고마워하는 사람이 있고

받아도

당연한 줄 아는 사람이 있고

받으면

꼭 갚는 사람이 있고

받아도

마음으로만 고마워하는 사람이 있고

받으면

받은 만큼 갚는 사람이 있고

받으면

받은 이상으로 갚는 사람이 있고

염치가 없는 사람은

수치심도 없는 경우가 많다

한 박자 쉬고,

두 박자 쉬고,

두 박자만 쉬어도

하지 않아도 될 말이

대부분 걸러진다

신세를 잘 갚으면
신세가 펴지고

신세를 갚을 줄 모르면
신세 한탄만 하다가 간다

살 만할 때
긍정을 많이 저축해 놓자

긍정은
대출이 어렵다

사 주고 생색 안 내고
얻어먹으면 갚는 자에게
복이 있나니

눈길만 마주쳐도

술을 따라 줄 것만 같은 날씨

내가 무슨 말을 했는가보다
상대방이 무슨 말을 들었는가가 중요하다

열심히 할수록

럭키해진다

작은 리더는
추종자를 키우고

큰 리더는
또 다른 리더를 키운다

아는 사람이 많은 게 중요한 게 아니라

어떤 관계인가가 중요하다

간, 쓸개는
집에 두고 나갈 것

굴욕감, 모욕감은
집에 묻혀 들어오지 말 것

유치가 찬란한 건

유치원 때의 특권이다

나이가 들면서

잘된 사람과
잘 안 된 사람이
극명하게 나뉘기 시작한다

놀라운 건
잘 안 된 사람이
지난날을 크게 후회하는 것 같지는
않다는 거다

시간을
되돌려 준다고 해도
크게
달라질 것 같지 않은

see you soon에는

o가

최소한 이만큼은 더 들어가야 한다

see you soooooooooooooooooooooon

라이벌이란 단어에는

리스펙이 들어 있다

기분 좋은 날과
안 좋은 날의 차이를
들키지 않는 사람이
무서운 사람이다

내가 누굴 안다는 걸
자랑하지 말고

누군가 나를 안다는 걸
자랑스러워 할 수 있도록

우주선은
대기권을 통과하기 전까지가
가장 힘들다

이때를 버텨 내는가에 따라
추락하느냐
살아남느냐가 결정된다

살아남아
대기권을 벗어나면
비로소
유영이 시작된다

대기권의 저항 없이
유영하는
인생은 없다

일상의 평화에 감사하라고

시시때때로

세계도 꼬집어 주신다

갚지 않은 돈으로

갑부가 되는 경우는 없다

'평화로운 대화의 기술'

소리 지르는 사람... 피한다

흥분하는 사람... 피한다

남 욕하는 사람... 피한다

말꼬리 잡는 사람... 피한다

빈정대는 사람... 피한다

욕 많이 섞는 사람... 피한다

짜증 섞인 말투... 피한다

남들이 피하는 사람이

되지 않기 위해

노력한다

임원이거나
임원이 목표인 사람이

자기 회사를
욕하고 다니는 경우는
별로 없다

대부분 조직 사회의 구성원은

능력이 들통날 때까지

승진한다

누군가를

헐뜯기 좋아하면

본인은

헐벗기 좋다

죽을 만큼 한 사람과
죽는 소리만 한 사람의 차이는

살맛 나게 사느냐
죽지 못해 사느냐로
증명된다

낳았다고
저절로 엄마가 되지는 않듯이

나이 든다고
저절로 어른이 되지는 않는다

불이 났으면 불을 먼저 꺼야지
불 낸 사람 잡겠다고 쫓아가나

감정보다
수습이 먼저다

행복의 모든 이유가 돈은 아니지만

불행의 이유는 돈 때문인 경우가 많다

교통사고가 남보다 잦은 사람은
본인의 교통질서에 문제가 있는 게 아닐까

사람사고가 남보다 잦은 사람은
본인의 소통질서에 문제가 있는 게 아닐까

돈에 초연한 척하던 인생들이

돈에 연연한 채 사는 여생이 되더라

다녀, 보다
오겠습니다, 가 중요한 말

다녀

오겠습니다

말수가 적으면

실수가 적다

모르는 척
눈 딱 감고 있어야 한다

도둑 지키듯
지키고 있으면

잠이
어디로 오겠나

누구나

그럴싸한 훈수를 두지

직접 해 보기 전까진

운전할 때
깜박이 안 켜는 사람을
가까이하지 마세요

기회다 싶으면
깜박이 없이
사람도 갈아 탈 확률이 높습니다

편향을

전시할 필요는

없다

독고다이 외치다가

독거다이 한다

칭찬이
반찬을
늘린다

but이 없어야

벗이다

내가 틀릴 수도 있다는 생각

을

할 수 있느냐 없느냐

에 따라

인생의 많은 결과가 달라진다

얼굴이 예뻐서
사랑받는 사람보다

말을 예쁘게 해서
사랑받는 사람이
훨씬 많다

살다 보면

같은 편이어서

천만다행이다 싶은

사람이 있다

체력도
실력이다

늦게 온 사람에겐

메뉴를 고를 자격이 없다

길면

잘 안 읽는다

길면

잘 안 듣는다

희망의 반대말은

절망이 아니라

원망이다

손해를 볼 줄 알면
성공할 확률이 높아진다

사업도
인생도

쌀에 돌이 아무리 많아도
쌀보다 많지는 않다

세상에 악한 사람이 아무리 많아도
선한 사람보다 많지는 않다

내 몸과 마음이
부지런하면

행동은
침착하고
차분해 보인다

뒷동산 정복이 목표인 멤버들과

히말라야를 도전할 수는 없다

진심보다 뛰어난 스킬은 없다

일상이 결국
인생이다

인상이 결국
인성이다

한순간의 화를 참으면

백 일 동안의 후회를 피할 수 있다

사랑도
의리다

이 세상에

화를 내도 되는 상대는 없다

경제수명을 연장할 것인가

건강수명을 연장할 것인가

지치면
그치자

나는
'나'라는 수감생활에서
벗어나기로 했다

그럴듯한 나
좋은 사람이어야 하는 나
멋져 보여야 하는 나
친절한 나
매너 좋은 나
씩씩한 나
쿨 해 보이는 나

열심에 성공하셨나요?

열쉼에도 성공하시길

에
필
로
그

모처럼

봄처럼 봄

쉼처럼 쉼

잠처럼 잠

때론,
잠보다 아침이
먼저 온다

ⓒ 유호철, 2021

초판 1쇄 발행 2021년 1월 15일

지은이   유호철
펴낸이   이기봉
편집   좋은땅 편집팀
펴낸곳   도서출판 좋은땅
주소   서울 마포구 성지길 25 보광빌딩 2층
전화   02)374-8616~7
팩스   02)374-8614
이메일   gworldbook@naver.com
홈페이지   www.g-world.co.kr

ISBN   979-11-6649-201-3 (03810)

이 도서의 국립중앙도서관 출판예정도서목록(CIP)은 서지정보유통지원시스템 홈페이지(http://seoji.nl.go.kr)와 국가자료공동목록시스템(http://www.nl.go.kr/kolisnet)에서 이용하실 수 있습니다. (CIP제어번호 : CIP2020055272)